Martin Baltscheit

BEN UND TEO

Für Ben & Teo

Martin Baltscheit

BEN UND TEO

ZWEI SIND EINER ZU VIEL

Mit Bildern von Sandra Brandstätter

BELTZ
& Gelberg

VORWORT VON BEN & TEO

Das sind die Abenteuer von *Ben & Teo*.

Ben & Teo sind wir, Brüder, Zwillinge und eineiig, das heißt, wir sind aus einem Ei geschlüpft. Also nicht geschlüpft wie die Hühner, sondern wie Menschen. Zwei von einer Sorte. Es gibt verschiedene Kombinationen: Junge und Mädchen. Mädchen und Mädchen. Junge und Junge. Mal ähnlich, mal unterschiedlich, mal gleich. *Ben & Teo* sind gleich. Wir haben dieselben Talente und gleichen uns wortwörtlich wie ein Ei dem anderen.

Sind wir natürlich nicht. Wir sind einzigartig. Einzigartig gleich. Wir sind **Ben** *und* **Teo**. Für die meisten aber nur *Ben & Teo*, denn die meisten können uns nicht unterscheiden. Wollen sie auch nicht, außer einer fragt: *Wer von euch ist denn der Ältere?* Dann sagen wir: *Keiner! Am selben Tag geboren, am selben Tag gemacht.*

Für Zwillinge wie uns hat das Leben in derselben Sekunde begonnen und bei der Geburt waren wir schon zehn Monate lang Mieter einer sehr kleinen WG. Man kann also sagen, wir kennen uns lange und wir kennen uns gut. So gut, dass nur einer unsere Geschichten erzählen kann:

Wir.

Und weil wir alles teilen, den Tag, das Essen und das Leben, stets gerecht und höflich, erzählen wir abwechselnd.

»Fang du an.«
»Ich? Oh, vielen Dank, aber willst du nicht lieber?«
»Nein, nein. Nach dir. Du fängst an.«
»Gut. Danke.«
»Bitte.«

SCHULKONZERT

BEN

»Großartig!«
»Wir sehen euch in der Elbphilharmonie!«
»Wunderkinder!«
»Spiel's noch einmal, *Ben & Teo*!«

Mein Bruder und ich haben Klavier gespielt. Auf dem Schulkonzert. Nebeneinander auf dem großen, schwarzen Hocker. Wir waren am Ende dran, erst kamen die Blockflöten, Geigen und Glöckchen, dann wir. Nach dem Konzert gab es Lob von allen Seiten, die Eltern warfen verliebte Blicke und strubbelten unsere Haare, hoben Daumen und nickten uns zu. Mein Vater ließ in Gedanken schon Autogrammkarten drucken und wir standen bis zum Hals in Zuneigung.

»Ben & Teo! Ben & Teo! Ben & Teo!«

Dabei ist es ungerecht. Vollkommen ungerecht.
Denn ich war besser. Nichts gegen meinen Bruder und ich bin ja auch gerne Zwilling, aber ich war besser.
Ich bin BEN.
Und war besser.

»*Ben & Teo*! Ihr macht der Schule Ehre«, sagte Rektor Riedel. Unser Rektor liebt Schüler, die seiner Schule Ehre machen. Wir sind seit vier Jahren hier und er kennt den Unterschied zwischen **Ben** *und* **Teo** nicht. Niemand kennt den Unterschied, außer Herr Georgius, unser Klassenlehrer. Der kann uns auseinanderhalten.
»Sensationell, Teo! Du wirst immer besser.«
»Danke, Herr Georgius, aber ich bin Ben!«
Und schon geht er die anderen loben, für drei Töne auf Glöckchen, Blockflöten und Geigen. *Denn jeder kann was und kann sich verbessern, und jeder, der sich verbessert, ist ein Gewinn für die Gesellschaft.* So sprechen Papa und alle Erwachsenen, und es mag ja auch stimmen, aber ich war der Beste. Und der Beste ist mehr als gut oder normal oder das übliche Geklingel!

»Kommst du, Ben?«
Papa rief und wir gingen zum Griechen. Babycalamares. Kein Griechengott kann die besser machen als unser Grieche, und kaum sind wir im Laden, befehlen die Kellner der Küche:
»Zweimal Babycalamares für Ben & Teo!«

Das Restaurant war noch leer, bis auf *Carmen & Wolfgang*, die hatten einen Laden für Rahmen und Spiegel bei uns im Viertel und machten gerade Mittagspause.
Carmen & Wolfgang sind auch Zwillinge, aber schon sehr alt, und wer es nicht weiß, hält sie für ein Paar im Partnerlook. Lange Gesichter gerahmt von grauen Haaren. Wir grüßten, gingen an unseren Lieblingsplatz und schon wurde aufgetischt.

Mama blickte auf die Teller.
»Wie grausam. Babycalamares! Kaum geboren und schon in Panade. Dabei könnten sich die kleinen Pfannenkinder doch die Welt ansehen, auf langen Armen weite Reisen machen. Sind da auch Zwillinge dabei? Oder sind das alles Zwillinge? Ein Teller voller Zwillinge!«
»Köstlich!«, sagte Papa und fischte frische Babys.
»Keinen Hunger, Ben?«
Mama streichelte meine Wange und beteiligte sich nicht am Kindermord der Meerestiere. Papa fraß wie ein ausgehungerter Wal.
»Esst Jungs! Das habt ihr euch verdient. Ich bin so stolz auf euch.«
»Ich auch!«, sagte mein Bruder Teo und genoss unsere Belohnung.

Ich genoss nichts.

Mama ahmte Rektor Riedel nach: »*Oho! Das sind doch diese fabelhaften Baltscheitboys, was? Die werden noch berühmt im Internet.*« Papa lächelte: »Internet? Wir gehen auf Tournee. Weltalltournee. Die sind aber auch lecker«, sprach er mit vollem Mund und fischte auch in meinem Teller.
Aber ich wollte nicht auf Weltalltournee, vor allem nicht zu zweit, denn am liebsten spiele ich alleine, Hände auf die Tasten und Augen zu.
Mein Publikum reist in Gedanken zu eigenen Planeten, und wenn ich die letzte Note gespielt habe, brauchen sie Sekunden, bis sie wieder gelandet sind.

Alle stehen auf und klatschen.
Mir. Ben, dem Jungen, der die galaktische Musikreise erfunden hat.
Ich.
Ganz allein.

»Wenn du die Calamares nicht willst, nehm ich sie«, sagte Papa, und Mama legte ihre Hand auf meinen Arm.
»Keinen Appetit, Ben?«
»Doch«, log ich und nahm das letzte Baby vom Teller. Eines reichte. Ich hatte wirklich keinen Hunger.

»Er denkt, er war besser!«

Mein Bruder hatte gesprochen und Mama und Papa sahen ihn an.
»Er denkt, er war besser und keiner hat es bemerkt.«
»Ich **war** besser«, sagte ich, »ich war besser und keiner hat es bemerkt.«
»Ach, Ben«, seufzte Papa, wischte sich die Finger an der Serviette ab und wir alle wussten, was kommt.
»Für die Leute ist doch egal, wer besser ist. Ihr seid *Ben & Teo*! Zwillinge. Eine Brudereinheit. Bei Mama und mir ist es doch auch nicht wichtig, wer was besser macht. Wir sind ein Team. Wenn einer was besser kann, freuen wir uns. Wie sagt Opa immer? *Man muss auch jönne könne*. Jetzt iss und trink und freu dich über euren gemeinsamen Erfolg.«
Mein Bruder nickte und Mama nickte und Papa auch. Drei brave Wackeldackel waren sich einig.
»Sieh es doch so«, flüsterte Mama, »jeder war auf seine Weise besser und zusammen wart ihr genial.«
Danach redeten wir nicht weiter darüber und teilten uns eine Riesenportion Joghurt mit Nüssen und Honig – Nachtisch für Götter.

TEO

Mein Bruder spielt wirklich besser Klavier. Aber damit soll er nicht angeben.
»Ich gebe nicht an.«
»Doch! Immer wenn du hören willst, dass du der Beste bist, heißt das doch, dass ich es nicht bin.«
»Blödsinn!«
»Ich sag auch nicht andauernd, dass ich besser bin in: Tischtennis, Schwimmen, Zeichnen, Schlittschuhlaufen, Fußballspielen ...
»Bist du ja auch nicht!«
»Bin ich wohl!«
»Wer sagt das!?«
»Ich. Papa. Mama. Die Zeitungen schreiben es.«
»Die Zeitungen?!«
»Jeden Morgen steht es auf der ersten Seite: **Teo besser in allem!**«
»Ach, ja? Und was steht auf der letzten Seite? **Geht mir am Arsch vorbei!**«

So und so ähnlich haben wir gezankt, auf dem Nachhauseweg. Wir zanken öfter in letzter Zeit. Der Streit ist nicht eingeladen, kommt aber jeden Tag. Irgendwie hat er einen Schlüssel zu unserer WG, macht sich breit und zahlt keine Miete. Am Anfang ist Streiten lustig, sind ja nur Worte, *heiße Luft* würde Papa sagen, aber sind Gemeinheiten drin, wird aus heißer Luft heißes Feuer und das muss man austreten, wenn man nicht verbrennen will. Also treten wir und schlagen uns das Feuer aus, und wenn man es zeichnen würde, wären wir eine bunte Wolke aus Worten, Blut und Spucke!

Wir haben uns auf der Straße geprügelt und Papa hat ein paar neue Strafen erfunden. Er legte die Hände auf die Schultern seiner Söhne und dachte laut über zwei Internate in weit entfernten Ländern nach und überlegte sich, was wir wohl in einer Woche ohne iPad alles schaffen könnten. Wir haben sofort umgeschaltet und sind brav nebeneinanderher gegangen. Blutsbrüder. Vollversöhnung. Totale Einheit.

EIN ÜBERRASCHENDES GESCHENK

BEN

Und sind wir einmal im Brudermodus, gehen wir auf Schatzsuche. Wir finden etwas, nehmen es mit nach Hause und spielen damit. Alles Mögliche kann ein Schatz sein. Ein Ast, ein kaputtes Radio, egal. Diesmal war es ein alter Spiegel. Er stand vor dem Laden von Carmen & Wolfgang.
Zu verschenken! stand auf einem Zettel und wir mussten ihn haben.
»Was macht ihr da?!«
»Der ist zu verschenken, Papa! Wir nehmen ihn mit.«
Mama mochte den Spiegel.
»So ein hübscher Bursche, was der schon alles gesehen hat.«
»Nicht viel«, sagte Papa und zeigte auf das Glas, »der ist blind.«
Der Spiegel war in den Ecken grau und ohne Glanz, nur in der Mitte konnte man sich erkennen. Wir setzten uns davor und sahen uns an. Zwei Brüder auf einem Foto wie vor hundert Jahren.

»Ach, Jungs, der Keller ist schon voller Kram.«
Papa ging weiter und Mama gab uns ein heimliches Zeichen. Wir sollten um den Spiegel kämpfen!

»Warte Papa! Der ist bestimmt magisch!«
»Und zeigt uns, wo die sieben Zwerge wohnen?«
»Vielleicht macht er jünger.«
»Und ihr tragt wieder Windeln?«
»Ach Papa, sieh doch mal: Wir sind uns einig. Brudereinheit!«
Er drehte sich um und wir hielten das Geschenk in den Händen. Lächeleinheit.
Papa sah sich selbst im Spiegel und seine fabelhaften Söhne daneben.
»Okay!«, seufzte er, »Ausnahmsweise. Familieneinheit.«

TEO

Zu Hause saßen wir im Schneidersitz vor unserem neuen WG-Bewohner und besserten die Schrammen aus, feilten die Kanten, reinigten das Glas und fegten alle Spinnweben von seinem Rücken.
»Jetzt strahlt er wieder!«, sagte Ben und strahlte auch.
Er sah richtig gut aus, also, der Spiegel …

»Vielleicht ist er wirklich magisch?«, sagte Ben verträumt.
»Fragen wir doch mal was«, schlug ich vor und fragte gleich die wichtigste Frage:
»Wo wohnt Schneewittchen?«
Es gab keine Antwort.
Vielleicht war die Frage blöd. Vielleicht gab es Schneewittchen auch nicht. Ich versuchte etwas Reales:
»Warum hat Mama Papa geheiratet?«
Keine Antwort.
»Wer wird deutscher Fußballmeister?«
»Wann wird der 1. FC Köln Fußballmeister?«
»Wo geht der liebe Gott aufs Klo?«
»Was schenkt sich der Weihnachtsmann?«
»Wozu brauchen Esel Brücken?«

Wir lachten uns kreuz und quer und waren sehr zufrieden. Tolles Spiel.

Nach einer Weile fragte Ben: »Wie sieht unsere Zukunft aus?«, und da veränderte der Spiegel seine Farbe. Er wurde schwarz. Ein Schwarz ohne Spiegelung, bloß ein tiefes, samtiges Loch. Unser Lachen blieb im Hals, denn zwei Dinge waren nicht zu übersehen:
Der Spiegel war magisch und die Zukunft düster.
»Abwarten«, sagte Ben, »der lädt was hoch.«
Tatsächlich zogen frische Farben auf, wirbelten über die glatte Fläche und zeigten uns ein Bild: unser Kinderzimmer, aber ohne Kinder und mit neuen Möbeln.

»Das ist unser Zimmer in der Zukunft«, flüsterte Ben.
»Da steht ein Schreibtisch mit Fotos.«
»Familienbilder.«
»Auf Mamas Schreibtisch. Und auf den Fotos sind wir! Da bist du in Erwachsen.«
»Oder du!«, sagte ich.
»Nein, sieh deine Leberflecken. Das bist du.«
Auf dem Foto war ich mit einer Frau und zwei Kindern.
Junge und Mädchen.
Auf dem Foto daneben war Ben.
»Du hast auch zwei Kinder. Junge und Mädchen.«
»Sogar unsere Frauen sehen sich ähnlich.«
»Vielleicht sind es Schwestern!«
»Zwillingsschwestern?!«
Mein Bruder und ich sahen uns an.

Das war nicht neu, wir sahen uns ja andauernd an, aber wir hatten das erste Mal in unserem Leben das Gefühl, in ein Spiegelbild zu blicken.
»Komm, wir gehen durch die Wohnung«, sagte Ben und wir nahmen den Spiegel, um auch die Zukunft der anderen Räume zu erforschen.
In den Flurwänden hingen große Plakate, auf denen wir beide zu sehen waren. Im Anzug, mit Fliege und Einstecktuch. Bruderlächeln.

»Klavierkonzerte.«
»In der Elbphilharmonie!«
Insgesamt waren es sieben Plakate. Auf der ganzen Welt würden wir spielen.
»Wir sind berühmt!«
»Und alt.«
Auf dem letzten Plakat waren die Schläfen grau und unsere Augen schon ein bisschen weise. Ben schüttelte den Kopf.
»Was ist?«, fragte ich.
»Spielen wir denn immer zusammen? Gibt es keine Soloprojekte?« Ich zuckte mit den Schultern.
»Vielleicht hängen die Soloplakate im Keller.«

BEN

In der Küche saß unsere alte Mutter am Tisch, trank Kaffee und malte. Sie war schmal und krumm geworden, aber an ihrem bunten Rock und dem Schmuck an den Händen gut zu erkennen.
»Wo ist Papa?«, sagte ich und wollte ins Wohnzimmer. Meistens saß er auf dem Sofa und schrieb. Wir gingen zurück und trafen unsere Mama aus der Gegenwart.
»Na? Wollt ihr den Spiegel aufhängen?«
»Nein«, sagte ich, »wir suchen Papa.«
»Mit dem Spiegel?«
»Ja, wir können damit in die Zukunft sehen.«
Mama lächelte und dachte sicher so etwas wie *Ach, was für tolle Kinder,* trank einen Schluck Kaffee und dankte dem lieben Gott für ihr schönes Leben.
»Tolle Idee!«, rief sie aus, »und was seht ihr?«
»Du sitzt am Tisch und trinkst Kaffee.«
»Oh, natürlich, und wie sehe ich aus?«
»Gut«, sagte ich.
»Alt«, sagte Ben.
»Zeig doch mal«, sagte Mama und blickte in den Spiegel:
»Na, so alt sehe ich doch gar nicht aus.«

Wir nickten freundlich. Sie war steinalt und faltig wie ein Leguan, aber das sah sie nicht und wir sagten es ihr nicht. Offensichtlich konnten nur wir in die Zukunft sehen und das war auch besser so, sonst wäre Mama noch tot umgefallen und das wollte keiner hier.

Unser Papa der Zukunft saß in einer Schürze auf einem Hocker und machte was mit Ton. Er sah aus wie eine Schildkröte und trug ein viel zu großes blaues Hemd.
»Sieh mal, er schreibt nicht mehr.«
»Vielleicht hat er genug verdient.«
»Und jetzt macht er Püppchen aus Ton.«
Wir grinsten.
Das klang nach einem schönen Leben für Papa.
»Was macht ihr mit dem Spiegel?!«
Der echte Papa saß auf dem Sofa und hatte seinen Laptop auf den Knien.
»Hier kann der Spiegel aber nicht hin!«, maulte er und wedelte mit der Hand, als würde er Fliegen verscheuchen.
»Soll er auch nicht«, sagte ich.
»Wir können mit dem Spiegel in die Zukunft sehen und wissen, was du machst, wenn du alt bist.«
»Wahrscheinlich sitze ich hier und verdiene Geld, damit ihr studieren könnt.«
»Nein, nein, du bastelst mit Ton!«, sagte Teo und zeigte in den Spiegel. Papa sah hinein und winkte sich zu: »Brillante Skulptur! Schaut doch lieber mal nach, was aus euch geworden ist. Bestimmt hockt ihr im Garten und spielt mit unnützen Dingen.«

Dann drehte er den Kopf wieder in den Bildschirm, was für uns das Zeichen war, zu gehen. Wir liefen im Garten über die Wiese und fanden *Ben & Teo* der Zukunft hinten beim Ahorn. Zwei Greise saßen auf einer kreisrunden Baumbank. Rentnereinheit. Ein bisschen wie unser Großvater letzten Sommer. Der alte Bruder Teo schälte einen Apfel, der alte Bruder Ben hatte eine Flasche Wasser in der Hand oder war es umgekehrt?
»Bist du das, oder bin ich das?«
»Weiß nicht.«

Die schlohweißen Opas reichten sich Apfelschnitze und Wasser, kauten wie zwei Esel, räusperten sich, schluckten, kratzten sich am Hals, und weil sie den Flug derselben Schwalbe verfolgten, wiegten sie auch ihre Köpfe gleichzeitig.

»Es wird Regen geben«, sagte der eine.
»Ich glaube sogar, es wird Regen geben«, sagte der andere.

Mein Bruder und ich sahen in die Zukunft.
»Sie atmen ein und aus«, sagte Ben.
»Sie atmen aus und wieder ein«, sagte ich.
»Der eine trinkt Wasser, der andere muss aufs Klo.«
»Der eine isst einen Apfel, der andere lässt einen fahren.«
»Der eine sagt: Ben!«
»Der andere: Teo!«
»Und beide haben vergessen, wer von beiden sie eigentlich sind.«

Wir setzten den Spiegel ab.
Er war uns zu schwer geworden.

DUNKLE NEUGIER

TEO

Papa kam zum Gutenachtsagen. Wir schliefen schon fast, die Hände ineinandergelegt, denn so schlafen wir ein, seitdem wir auf der Welt sind: Hand in Hand. Egal was war, ob krank oder gesund, Katz oder Hund, der Tag wird Hand in Hand beendet.

»Und? Was macht die Zukunft? Reist ihr durch die Welt und gebt Doppelkonzerte?«

Papa setzte sich auf den Bettrand und wir schwiegen.

»Humor verschluckt? Was habt ihr gesehen? Zwei alte Männer auf einer weißen Bank?«

Wir schwiegen weiter und wollten es ihm nicht sagen.

»So schlimm?«

»Wir haben das Ende gesehen, Papa«, sagte Ben, »das Ende des Filmes. Jetzt haben wir keine Lust mehr auf die Mitte.«

»Ach, Leute, wen interessiert schon das Ende?«

Er streichelte unsere Köpfe.

»Am Ende ist Ende und das Ende ist für alle gleich. Ihr müsst die Gegenwart lieben, dann ist das Ende ganz egal.«

»Ich will aber nicht so werden«, sagte Ben und ließ meine Hand los.

»Wie denn werden? Alt? Klug? Weise?«

»Gleich.«

Papa nahm unsere Hände in seine und sprach feierlich: »Jungs. Ich finde es gut, wenn ihr alt werdet und gleich bleibt. Das ist ein Glück, denn es ist immer jemand da, der denkt wie ihr und euch ohne viel Worte versteht. Wir anderen suchen ein Leben lang nach so einem Freund und finden diesen Zwilling doch nie.«
Papas Hände waren groß und warm und eine weiche Müdigkeit floss aus seinen Fingerspitzen in unsere Herzen.
»Genießt es«, sagte er und küsste unsere Köpfe.
»Und jetzt gute Nacht, morgen ist Schule.«
Er stand auf und machte das Licht aus.

Es war sehr dunkel,
aber unsere Hände fanden sich
und ich schlief sofort ein.

BEN

Ich bin nicht eingeschlafen, sondern wollte wissen, wie es wäre, kein Zwilling zu sein. Also habe ich den Spiegel befragt, als mein Bruder schlief.

»Spiegel, hör mal! Wie wäre es, wenn ich alleine wäre?«

Der Spiegel hat sofort geliefert.
Nach Schwarz kam Farbe und aus der Farbe wurde ein Park mit lichter Sonne und freundlichem Vogelgezwitscher. Erst dachte ich an Urlaub mit Mama und Papa, aber dann wurde ein Sarg durch die Bäume getragen.
Ein kurzer Sarg mit weißen Rosen, auf denen ein Stofftier saß. Teos Lieblingskuscheltier. Das Huhn. Hinter dem Sarg gingen meine Eltern, Verwandte und Freunde und
alle hatten rote Augen.
»So habe ich es nicht gemeint«, habe ich dem Spiegel geflüstert, aber das war dem Spiegel egal. Er spielte das Stück zu Ende und zeigte mir, wie Alleinsein ohne Bruder geht. Mama knickte am Grab ein wie ein Zollstock, Papa kniete sich neben sie, wir hielten uns in den Armen wie altes Efeu und versuchten, nicht in das schwarze Loch hinabzustürzen.

Der Tote im Grab war mein Bruder, der Beste, den es je gab. Ich saß vor dem Spiegel und weinte, aber der Spiegel war noch nicht fertig und zeigte mir einen Altar aus Fotos, Kerzen und Teos selbst gemalten Bildern im Schlafzimmer meiner Eltern. Papa hatte sich im Arbeitszimmer eingeschlossen und die Vorhänge zum Garten zugezogen und ich selbst saß in einem halb leeren Kinderzimmer vor einem Spiegel und flüsterte nur einen einzigen Satz:

»Mein Bruder, wo bist du?
Mein Bruder, wo bist du?«

TEO

TEO

Am nächsten Morgen bin ich aufgewacht, weil Ben im Schlaf geschrien hat:
»Teo! Wo bist du? Teo! Wo bist du?«
Meine Mama stand gleich an seinem Bett.
»Bennie, was ist denn? Wach auf, du hast geträumt ...«
Mein Bruder wachte auf, war außer Atem und klatschnass. Er sah mich an:
»Teo«, flüsterte er und umarmte mich. Mama war gerührt.
»Ach, Gott, was hast du denn geträumt?«
»Ich habe geträumt, Teo wäre gestorben und ihr seid darüber verrückt geworden«, sagte Ben und blickte mich an wie ein Wunder und dann fiel es mir ein.
»Genau das habe ich auch geträumt!«, rief ich, denn genau dasselbe hatte ich auch geträumt, war aber schon in der Nacht aufgewacht und zur Toilette gegangen. *Albträume,* sagt Papa immer, *habt ihr nur, weil ihr aufs Klo müsst.*
»Du bist gestorben und ich habe es im Spiegel gesehen, Ben.«
»Dann hat uns der Spiegel die Träume geschickt«, sagte Ben und ich nickte.
»Na, großartig«, sagte Papa, »jetzt träumt ihr schon gleich.«
Und auf dem Weg ins Bad brummte er weiter: »Euer Leben

möchte ich haben. Schon lange her, dass Mama und ich dieselben Träume hatten.«
Und während meine Eltern Papas Bemerkung diskutierten, haben Ben und ich unsere Träume genauer verglichen.

»Also, du bist gestorben. Ich weiß aber nicht wie und die Beerdigung war in einem Park oder Wald und alle haben geweint, ich auch.«
»Wie ein Wasserfall habe ich geschluchzt. Und dann hatten sie einen Altar mit Bildern von dir und Papa hat sich eingeschlossen und ich habe immer nur ein und denselben Satz gesagt.«
»Mein Bruder, wo bist du?«, sagten wir beide und gruselten uns vor dem Spiegel.
»Ich bin froh, dass du noch da bist«, sagte Ben.
»Und ich erst«, sagte ich und war mehr als froh. Dann gingen wir ins Bad, drückten uns gegenseitig die Zahnpasta auf die Bürsten und haben uns für die Schule fertig gemacht.
»Hier, der Kamm.«
»Danke. Brauchst du noch Haargel?«
»Passt schon. Siehst super aus.«
»Danke, du aber auch.«
Wir sahen zwei echt hübsche Burschen aus dem Badezimmerspiegel grinsen und fast sah es aus, als gingen wir nicht zur Schule, sondern auf eine Party.
Party des Lebens.
»Wie viele waren denn bei meiner Beerdigung?«, fragte Ben.
»Bestimmt über 100«, sagte ich, »und bei mir?«
Ben zählte nach.

»Nicht mehr als 40!«
Mein Bruder spülte sich den Mund mit Mundwasser aus (dreimal) und nahm noch ein bisschen Deo. Wir lieben Deo und sprühen uns jeden Morgen ein wie die Nebelgeister.
»Du meinst, zu deiner Beerdigung sind mehr gekommen?«
»Na, klar.«
»Was ist denn daran klar?«
»Sie mochten mich eben lieber«, sagte Ben und nebelte sich noch mit Mamas Haarspray ein.
»Blödsinn. Wenn sie zu deiner Beerdigung kommen, dann, um mit mir zu trauern, weil sie MICH lieber mögen und zeigen, wie froh sie sind, dass ICH noch da bin.«

»Bei mir waren es trotzdem mehr.«
»Aber nur, um zu sehen, ob du wirklich tot bist!«
Ben dachte nach. Dann grinste er in den Spiegel.
»Oh, ich glaube, ich habe mich verzählt, bei mir waren es sogar über zweihundert. Der Bus aus der Schule war noch nicht da und sie hatten Plakate dabei: *Kopf hoch, Ben! Wir alle trocknen deine Tränen.*«

Normalerweise sind Zahnbürsten keine Waffen, normalerweise träumen Brüder nicht dieselben Träume, normalerweise brennt Deospray auch nicht in den Augen.
»Aaaaah!«
»Uuuuuh!«
»Nicht den nassen Lappen!«
»Was willst du mit dem Duschkopf?!«
Mitten in der Schlacht steckte Papa den Kopf durch die Tür. Er kam aus der Küche und hatte auch keinen guten Morgen.
»Ruhe und raus hier! Räumt euer Zimmer auf und geht zur Schule. Heute Nachmittag macht ihr was getrennt!«

GETRENNTE WEGE

BEN

Kleine Trennung. Meinetwegen. Freunde haben wir ja genug und manchmal ist es besser, einen Kampffisch in ein eigenes Aquarium zu stecken.

Ich ging zu Franco und hatte einen großartigen Nachmittag. Franco ist zwar ein Bestimmer, aber er bestimmt die richtigen Sachen und seine Mama weiß, wie man besten Freunden eine Freude macht. Games, Filme, Popcorn, und Abräumen mussten wir auch nicht. Freundeseinheit. Luxuslächeln. Ein sehr ausgestreckter Nachmittag war das.

Natürlich habe ich beim Abendbrot davon erzählt und natürlich hatte Teo es besser. Dabei weiß jeder, das Julians Mutter nicht kochen kann und ihre selbst gemachte Limonade ohne Zucker nicht einmal der Katze schmeckt.
Papa rieb sich die müden Augen und stöhnte auf. Er war ein Vulkan, rauchte immer und brach auch gerne mal aus. Diesmal aber blieb er milde.
»Na, Jungs? Bruderliebe schon verpufft in der Sonne eines kriegerischen Alltags?«
Das hatte er schön gesagt, half uns aber keine Silbe lang.

»Ich könnte mich richtig gewöhnen an ein Leben ohne Bruder«, flötete Teo.
»Na, dann stirb doch endlich«, sagte ich und versprach, auch ganz bestimmt nicht zu seiner Beerdigung zu kommen.
»Ben!«, haben Mama und Papa gerufen, aber Teo hat nur abgewunken.
»Schickst du mir eben eine Postkarte.«
»Und wohin soll die gehen?!«
»Bruderhölle«, sagte Papa und klappte den Laptop zu.
Dann wollte er etwas sagen, neue Erziehungsideen oder alte Predigten, aber die Bruderfäuste hatten das Gespräch bereits übernommen und fügten heißen Worten noch heißere Schläge hinzu. Es war kein schönes Bild.

Zur Belohnung kam Papa mit einer radikalen Idee. Wir mussten pünktlich ins Bett. Superpünktlich. Mama war auch dafür. Kein Film, kein Spiel, keine Gnade. Wir waren noch nie superpünktlich im Bett, in den letzten 10 Jahren nicht!

»Gute Nacht!«, riefen wir halblaut in den Flur, aber das Schweigen unserer Eltern zeigte die kalte Endgültigkeit ihrer Entscheidung.
Mein Bruder und ich konnten es nicht glauben. Sie saßen im Wohnzimmer und wir hörten aus der Ferne die Stimmen unserer Lieblingsschauspieler. Sogar das Licht im Flur war schon aus und niemand von uns traute sich, nach vorne zu gehen, um nach einem Glas Wasser zu fragen.

»Wow. Was haben wir falsch gemacht?«, fragte Teo und wir wussten es beide nicht.
»Es war doch nur ein bisschen Zank. Eine kleine aufmunternde Prügelei. Brudermassage. Kaum mehr als freundliches Schulterklopfen.«
Ich sah auf die Uhr. **Fünf nach acht!** Wir würden hier stundenlang wach liegen.
»Dürfen wir lesen?«
»Ich glaube nicht.«
»Reden?«
Teo schüttelte den Kopf. Es war Einzelhaft zu zweit. Also lagen wir wach und sahen an die Decke, die Wand und auf den Spiegel. Der zeigte uns zwei zuckersüße Brüder in großen Kissen, mit verzweifelten Gesichtern.
»Spiegel! Was haben wir falsch gemacht?«, flüsterte ich.

Der Spiegel schwieg und Teo sagte: »Wer so fragt, hat schon die Frage falsch gemacht.«
»Wieso?«
»Na, du musst fragen: Was hat **Ben** falsch gemacht?!«
Lieber einen Bruder verlieren, als eine Gemeinheit auslassen? So ein Bruder hatte Schläge verdient und den guten Teo trafen die Knöchel meiner lustigen Faust. Wie er dann zusammengebrochen ist, war aber völlig übertrieben. Was sollte das? Er hatte um den Schlag ja förmlich gebettelt.

»Bist du bescheuert? So feste?«, röchelte er mit gespielten Tränen und ich sagte nur: »Nicht fest genug, du lebst ja noch.«

Es ist ja nicht so, dass wir meinen, was wir sagen. Superhelden reden auch, wenn sie sich in die Schnauze hauen. Prügeln ist ein Spiel und Spielstopp nur, wenn einer weint. Solange kein Blut fließt, ist alles erlaubt.
»Wenn ich mit dir fertig bin, brauchst du keinen Bruder mehr!«
»Wenn ich mit dir fertig bin, brauchst du keine Beerdigung mehr!«
»Wenn ich mit dir fertig bin, reicht mein Sportbeutel für deine Reste!«
»Wenn ich mit dir fertig bin, wird es keine Reste mehr geben!«
»Nie mehr Zwillinge!«
»Ich wollte sowieso nie dein Bruder sein!«
»Besser Einzelkind als einen Verwandten wie dich!«

Wir waren ineinander verkeilt wie Kampfhähne und dann benutzte Teo einen Trick, den Opa ihm gezeigt hatte. Die sibirische Außensichel. Die Hacke im Halbkreis hinter den Gegner und den Mann von hinten fällen.
Ich bin gefallen. Rückwärts. Ohne mich umzusehen. Unglücklich. Nein, nicht mit dem Kopf auf die Bettkante, Genickbruch und Ende der Geschichte. Ich bin gefallen und wurde neu geboren.
Denn ich bin in den Spiegel gefallen.
Den Spiegel.

DIE ANDEREN SEITEN

TEO

Wir haben geglotzt wie die Fische. Ben aus dem Spiegel heraus und ich in den Spiegel hinein. Da war mein Bruder hinter Glas, wie in einem Aquarium, Glotzfisch, einsamer kleiner Glotzfisch! Ich war hier und Ben war da und *Ben & Teo* waren getrennt.
Ein Spiegel.
Zwei Seiten.
Kein Zwilling.

»Teo, was machst du da?«
»Ben, was machst DU da?«
»Komm zurück! Komm zurück, verdammt!«
»Geht denn das?«
»Probier es aus. Schnell!«

Ben ist zurück. Es war ganz leicht. Er ist einfach hindurchgegangen, ein bisschen wie durch aufrechtes Wasser, ohne nass zu werden. Wir sind dann beide hin und her.
Spiegelgrenzverkehr. Alleine, zu zweit, alles ohne Ausweis und Probleme und Ben sagte: **»Wow!«**
Und ich sagte: **»Wow!«**
Und Ben sagte: »Weißt du was, ich bleibe und sehe es mir an.«
»Okay«, habe ich gesagt, »und ich bleibe hier und sehe es mir hier an.«

So haben wir es gemacht.
Wir haben es uns angesehen.
Die Welt ohne den anderen.
Die eigene Welt.
Endlich.

BEN

Zuerst war alles wie immer. An der Garderobe hingen ein paar Jacken, aber es gab keinen zweiten Fahrradhelm, keine weitere Schultasche und im Flur stand nur ein Roller. Unsere Eltern, also *meine* Eltern lümmelten sich im Wohnzimmer vor unserer Lieblingsserie und lachten. Ganz normal so weit.
Aber als Papa mich in der Tür stehen sah, da sagte er nicht: »Wir hatten doch gesagt: Pünktlich ins Bett und keine Extratouren!« Er sagte auch nicht: »Das muss jetzt aber eine gute Geschichte sein, Ben, sonst bestelle ich morgen die Tickets nach Wladiwostok.« Und er sagte auch nicht: »Ab ins Bett, Ben!«
Nein, das alles sagte er nicht. Mein zuckersüßer, total entspannter Vater in der Welt hinter dem Spiegel sagte nur: »Ben, mein Lieber, komm doch her.« Und Mama klopfte auf das Sofa neben sich, sie streckte ihren Arm aus und flüsterte mir zu: »Hast du schlecht geträumt, mein Lieblingskind?«
Ich setzte mich und Papa reichte uns die Schüssel mit den Trüffelchips. Alles klar: Das war ein Glückstraum und gleich würde mein Bruder mich wecken und sagen: *Geh aufs Klo, du Penner, du schnarchst!* Aber das machte er nicht.
Niemand schickte mich irgendwohin und Papa sagte:

»Nimm! Trüffelchips sind gut gegen schlechte Träume.«
Es krachte in seinem Mund und dann krachte es in meinem Mund und die Trüffelchips waren echt und genial und ich musste mich nicht kneifen.
»Was hast du denn geträumt?«, wollte Mama wissen und ich sah auf meine Eltern. Sie waren so anders als meine Eltern in der anderen Welt und ich wusste auch, warum:
Ich war ein Einzelkind!
»Ich habe geträumt, ich hätte einen Zwillingsbruder, der mir auf die Nerven gegangen ist«, sagte ich.
»Uh, Zwillingsbruder!«, raunte Mama, »alles muss man teilen. Hattet ihr etwa nur ein Zimmer? Ich hatte ein Zimmer mit meiner Schwester, absoluter Albtraum.«
»Alle Geschwister sind ein Albtraum«, sagte Papa, »ich wäre auch lieber Einzelkind gewesen. Aber wir waren sieben. Da musst du sehen, wo du bleibst.«
»Du hattest sieben Geschwister?!«
»Jedes Essen ein Kampf ums Überleben. Man brauchte acht Arme, um sich den Teller vollzuschaufeln, und wer nicht schnell genug war, hat es nicht geschafft. Vier meiner Brüder sind am Frühstückstisch verhungert!«
Ich lachte und Mama lachte mit. Normalerweise rollt sie bei Papas Geschichten mit den Augen. Aber diesmal war sie fröhlich. »Kann ich mitgucken?«, fragte ich und Papa nahm mich in den Arm und es war der vollkommene Familienfrieden. Es gab sogar noch eine zweite Tüte Chips!

TEO

Bei mir war es richtig gruselig. Familienparadies. Mama hat Bildschirmstullen gemacht, belegte Brote vor dem Fernseher, dann gab es unsere Lieblingsserie, Marathonfolgen, bis ich eingeschlafen bin, in Mamas Armen, und Papa hat mich ins Bett gebracht, er hat mich getragen, in mein Einzelbett! Tiefer Schlaf, keine Träume, nur schwere, unendliche Glückseligkeit, bis Ben mich geweckt hat.

»Guten Morgen, du Schlafmolch. Wie war's?«, wollte er wissen.
Ich wusste nicht, was er meinte: »Wie war was? Mein Traum? Also ich hatte einen wunderbaren Traum.«
»Der Spiegel, du Sandmann!«
Ich sah mich um, da stand der Spiegel und ich erinnerte mich. Die Prügelei, unsere wüsten Beschimpfungen und Ben war in den Spiegel gefallen. Er ist drüben geblieben und ich hier. Die *Expedition Einzelkind* war kein Traum!
»Es war unglaublich«, sagte ich. »Sie haben nur mich geliebt! Und bei dir?«
»Bei mir auch!«, sagte Ben. »Ich war ihr Prinz, ihr König, sie schwebten über mir wie zwei Libellen und lasen mir mit ihren

großen Augen jeden Wunsch aus dem Verstand, noch bevor ich ihn gedacht habe.«

»Ja, zackig wie Elternsoldaten, jeder Wunsch war ein Befehl, und es schien, als wären sie auch noch dankbar!«

»Dankbar und dankbarer und ich will noch einen Tag, Teo! Bruder, dieser Spiegel ist ein Wunder. Tausendmal besser als Internat. Besser als die Wirklichkeit!«

»Auf jeden Fall besser als Strafen fürs Streiten«, sagte ich und wir beide wussten: *Ab heute begann die perfekte Kindheit.*

Wir gaben uns die Hände wie zwei sehr raffinierte Doppelagenten, die niemals erwischt werden, weil niemand von ihrer zweiten Identität weiß.

»Eine Geheimwelt nur für uns.«

»Zwei für einen, und einer für zwei!«

»Keiner alleine und einzeln im Glück.«

»Kein Weg zurück!«

»Besser geht es nicht.«

»Ja, besser geht es nicht.«

Ben stand auf.

»Heute Abend nach der Tagesschau treffen wir uns am Spiegel und erzählen.«

Er legte noch zwei Finger an seine Stirn wie der fantastische Mr. Fox und ich zwinkerte ihm zu, auch wie Mr. Fox.

Dann verschwanden wir in unser neues Leben.

BEN

Ich war Küchenchef! Gleich nach meiner Rückkehr in den Spiegel haben Mama und ich angefangen.

»Was willst du kochen?«, hat sie gefragt. »Ich entscheide die ganze Woche, heute bist du dran!«

»Sushi!«, habe ich gesagt, denn Sushi ist genial, wenn man die richtigen Zutaten hat, und falls nicht, erfindet man sich die richtigen Zutaten. Erfindereinheit. Später kam Papa dazu und hat sich Namen ausgedacht: *Iron Sushi Man. I am Grushi. Spiderrolls. Captain Sushiman.* Zum Essen haben wir uns die Augen verbunden und blind verkostet. Die höchste Punktzahl ging an Sushimeister BEN! Später haben wir überlegt, wo wir unser Restaurant aufmachen und wie es eingerichtet werden soll. Es sollte *Bens Beste blaue Bohnen* heißen und niemand hatte etwas gegen den Namen. Mama nicht und Papa nicht und auch kein Bruder, der immer alles besser weiß, denn so einen Bruder, den gab es hier nicht.

TEO

Mein Tag ging schneller vorbei, als ein Apfel zu Boden fällt. Die Erkenntnis war eindeutig und wenig überraschend: **Es war genial.** Ich konnte nicht abwarten, Ben davon zu erzählen, und pünktlich um 20:15 Uhr trafen sich die ehemaligen Zwillingsbrüder zur Spiegelkonferenz. Wir lachten uns an, blieben auf unseren Seiten und legten zur Begrüßung die Hände an das Glas, so spürten wir die Wärme des anderen und das reichte auch schon.

»Ich mache ein Restaurant auf, und du?«

»Papa und ich zeichnen einen Comic. Grafik Novel. Es geht um einen Bären und eine Krähe, die ihre Körper tauschen. Er sagt, vielleicht wird es gedruckt.«

»Man muss auch jönne könne«, sagte Ben, gönnte mir den Comic und zeigte mir seine erste Speisekarte. Isch jönnte ihm die *Blaue Bohne* und wir erzählten fast eine Stunde lang ausführlich. Am Ende sahen wir uns an und Ben sprach aus, was auch ich dachte:

»Ist schon komisch, den anderen nicht zu brauchen.«

»Ja, ich dachte, es dauert ein bisschen, bis man sich daran gewöhnt hat.«

Wir schwiegen und ich sprach aus, was auch Ben dachte.

»Nichts gegen dich, mein Bruder, aber es ist schön allein.«
Wir nickten und keiner war beleidigt.
»Dann machen wir noch einen Tag? Morgen ist Schule.«
»Schule? Auf jeden Fall!«
Wir lächelten wie Cowboys, die jeder noch eine Kugel im Revolver hatten, und verabschiedeten uns mit dem üblichen Zwinkern. Fuchszwinkern. Cowboyblick. Doppelagentenfingerzeig. Ben und Teo gingen schlafen.
Jeder in sein eigenes Bett.

ABSEITS IM ABSEITS

BEN

Am nächsten Tag in der Schule dachte ich, die sagen alle Teo zu mir, hat aber keiner. Den ganzen Tag war ich nur BEN und auch der fabelhafte Herr Georgius, der immer eine Sekunde brauchte, um die Sternzeichen in unseren Gesichtern zu lesen, zögerte nicht.

»Ben, Kapitel 4, erster Absatz.«

Mist. Teo war der bessere Vorleser. Ich würde sicher auffallen. Also, ich bin nicht schlecht im Vorlesen, eher *fantasievoll,* wie Papa sagt. Ich sehe den Anfang eines Satzes und denke mir den Rest – blöderweise steht da oft was anderes. Mama meint: *Teo spielt vom Blatt und du improvisierst.* Leider gibt es für Improvisation keine guten Noten. Egal. Kapitel 4, erster Absatz. Ich las vor und stolperte ganz passabel durch die Reihen und senkte die Stimme auch rechtzeitig am Punkt. Dann kamen ein paar schwierige Wörter und ich hielt mich tapfer, fast ohne Zittern und mit nur kleinen Pausen.

»Sehr gut«, sagte Georgius und war ganz begeistert.

»Du hast dich verbessert, Ben!«

Er lächelte und da fiel es mir auf: Ben, das Einzelkind, kannte nur einen Vergleich, und zwar den mit sich selbst. Ich war heute besser als gestern. Ich war der *bessere Ben*!

In der Pause spielten wir Fußball. Pandas gegen Schnecken. Teo und ich werden immer gewählt und wer einen von uns wählt, wählt den anderen gleich mit. Zwillinge gibt es nur im Doppelpack und das macht Sinn, denn wir denken gleich, das heißt, wir wissen, wo der andere steht, und kennen seine Wege.

»Du bist bei uns«, rief Franco und passte mir den Ball zu. Er hatte mich aufgerufen und wir waren eine sehr gute Mannschaft, haben aber trotzdem verloren.

»Was machst du denn da?«

Wo spielst du denn hin?

Bist du blind?!«

Franco war außer sich.

0:5 gegen die Schneckenklasse.

Eine Demütigung.

»Was ist los mit dir? War das Absicht?!«

Wenn Franco wütend ist, hat er das Wort Freundschaft vergessen. Er hat auch alle anderen Wörter vergessen: Vergebung, Verständnis, Ruhe und Zuversicht.

Franco kann super Fußball spielen, nur super verlieren kann er nicht. Wer kann das schon.
»Nie wieder spielst du in meiner Mannschaft. Nie wieder!«

In seiner Wut tobte er wie eine offene Windhose über den Schulhof und alle duckten sich. Oder lachten. Teo und ich lachen nie, denn ein Freund ist ein Freund und jeder von uns hat seine eigene Meise. Okay, Francos Meise zwitschert ziemlich laut, aber wir lassen das Francowitter über unsere Köpfe ziehen und gut ist. Außerdem hatte er ja recht. Ich habe die Bälle reihenweise ins Aus gespielt, Flanken verschlafen oder das leere Tor nicht getroffen.
»Der Kasten war leer!«
»Ich wollte abgeben!«
»Wem denn! Wem denn, verdammt noch mal?«
»Na, meinen Bru…«
»Wem?!«

Nach der Schule waren wir Eis essen. Franco, Mats, Monte und ich. Ich habe sie eingeladen, weil ich so schlecht gespielt habe.
»Das Eis geht auf meine Kosten.«
»0 : 5 Kugeln für mich!«, rief Monte und hat die Situation ausgenutzt. Franco nahm dreimal Zitrone, weil er immer noch sauer war. Aber es war okay und auch schön, einen auszugeben. Am Ende bin ich raus und alle haben mich angesehen und gekichert. *Was gibt es denn zu kichern?*, habe ich gedacht und Mats hat gefragt:
»Kommt noch wer?«
»Wieso?«
»Du hast zweimal dasselbe Eis.«
Ich hatte tatsächlich zwei Eiswaffeln in den Händen.
»Für meinen Bruder«, sagte ich, noch im Zwillingsmodus.
»Dein Bruder? Ist das der, der heute nicht getroffen hat?«, grinste Mats.
»Ja, das muss der sein, der am Tor vorbeigelaufen ist«, lachte Monte.
»Oder der, der an allem schuld ist, wenn man nicht Fußball spielen kann.«
Franco ist beim Lachen eine ganze Kugel Eis aus dem Mund gefallen und die drei haben noch lauter geschrien.
»Na, gib schon her. Ich bin dein Bruder«, sagte Monte, vielleicht, weil er mein hilfloses Gesicht nicht ertragen konnte, oder einfach nur, weil er eine elende Fressmaschine ist.

TEO

Also ich habe sieben Tore geschossen. Sieben! In Zahlen: 7. Eines schöner als das andere. Siebenmal Tor des Monats. Sechsmal Tor des Jahres und mindestens ein Tor des Jahrhunderts. Die Flanken kamen von Franco. Sie kamen genau und ich musste nicht mehr viel tun: Fuß hinhalten, Kopf oder Brust und alle sind reingegangen. Die Schnecken haben 10:0 verloren. Eine Demütigung. Es hat richtig Spaß gemacht. Wir sind zu viert über den Hof marschiert, Franco, Mats, Monte und ich und haben im Chor gebrüllt:

»Wer hat die lahmsten Beine
und einen Kopf aus Schleim?
Ihr wisst schon, wen ich meine,
das müssen Schnecken sein.

Die Schnecke schlurft,
die Schnecke schleicht,
sie schießt kein Fußballtor,
und wenn sie schlimm verloren hat:
Dann heult sie uns was vor!
Jaaa! Dann heult sie uns was vor!!!«

Der herrliche Gesang wurde von den Wänden der umstehenden Häuser zurückgeworfen. Volle Tribünen von allen Seiten haben uns zugejubelt. Die Niederlage hat die Schnecken gekränkt, aber unser Schlachtgesang hat sie fertiggemacht. Yeah! Der letzte Gong war lange verklungen und wir sind noch immer um den Platz gelaufen. Das Schultor war schon zu, aber es gab ja noch einen Hinterausgang.

»Dann heult sie uns was vor!!!
Jaaaa! Dann heult sie uns was vor!!!«

Am Hinterausgang stand Karlo.
Karlo aus der Schneckenklasse.

Ziemlich fette Schnecke, der Karlo. Karlo spielt kein Fußball, weil Karlo niemals läuft. Er steht auch nicht im Fußballtor, weil er keine Sachen aufhebt, sondern lieber umschmeißt. Karlo ist Champion im *Umschmeißen* und macht beim Kämpfen gerne seine eigenen Regeln. Zum Beispiel die: *Schluss ist, wenn Karlo keine Lust mehr hat.* Dreimal wurde Karlo schon nach Hause geschickt, weil er nicht aufhören wollte, Sachen oder Kinder umzuschmeißen, obwohl die Sachen oder Kinder schon lange kaputtgegangen waren.

Karlo.

Wir hörten auf zu singen und dachten erst, die Schnecke habe was vergessen, ihr Mäppchen oder eine Hello-Kitty-Trinkflasche …
»Na, Karlo, was vergessen?«, fragte Mats, unschuldig wie ein Schmetterling auf Brautschau.
»Nein, Mats, ich habe etwas gefunden!«, sagte der Schneckenboss und schaffte es, uns allen gleichzeitig in die Augen zu schauen.
»Eure Melodie hat mir gefallen, aber den Text habe ich nicht so richtig verstanden.«
»Den Text?«, stotterte Monte. »Ach, das waren doch nur Wörter. Man muss ja was singen, wenn man singt, sonst singt man ja nichts.«
Karlo genoss seine Wirkung auf unsere Schweißtropfen.
»Ging es da nicht um kleine Tiere? Ich mag kleine Tiere. Vor allem Schnecken, die haben so harte Häuschen, halten jeden Schlag aus. Habt ihr auch harte Häuschen, die jeden Schlag aushalten?« Wir schwiegen und Karlo legt seine Hände ineinander, wie zu einem Gebet, und zum Beten war mir auch, als er fragte: »Wer von euch hat denn die meisten Tore geschossen?« Meine Freunde traten alle zusammen genau einen Schritt zurück.
»Herzlichen Glückwunsch, Teo. Und? Wie viele waren es?«
»Eines«, log ich, »und das war abseits. Hätte gar nicht zählen dürfen. Ich glaube, wir haben sehr knapp gewonnen.«
»Und deshalb freuen wir uns auch so«, sagte Mats. Er war der Einzige, der sich traute, etwas zu sagen, das musste man ihm anrechnen, auch wenn er danach noch einen Schritt nach hinten ging.

»Und wie viele waren es wirklich?«

Karlo klopfte mit seiner rechten Faust ganz leicht in die linke Handfläche. Blick in die Zukunft. Foltereinheit.
»Sieben«, flüsterte ich, denn Leugnen war zwecklos, Karlo hatte die ganze Zeit im Schatten auf der Bank gesessen und seine zwölf Brote gegessen.
»Die Schnecke schlurft, die Schnecke schleicht, sie schießt kein Fußballtor, und wenn sie schlimm verloren hat, dann heult sie uns was vor? Ging das so?«
Wir blickten zu Boden.
»Eine Schnecke ist eine Schnecke, aber nicht alle Schnecken weinen, Jungs. Ich zum Beispiel weine nie. Sagen wir: 7 für 7, und wir schauen, wem zuerst die Tränen kommen?«
Mir wurde schlecht und ich suchte die Blicke der anderen. Aber die waren alle ausgeflogen ... was für eine Bande von Feiglingen. Wir waren zu viert, und wenn wir alle auf ihn losgegangen wären ... stattdessen ging Karlo auf mich los und ich dachte an Ben. Er hätte sich hinter Karlo auf den Boden gelegt und ich hätte ihn nur schubsen müssen. Sibirische Käfersichel. Die haben wir drauf, sie funktioniert auch bei Papa und der ist fast genauso schwer wie Karlo.

Aber Ben war nicht da.

Und die dicke Schnecke, die nicht weint, hatte Hunger auf ein ein zartes Blättchen wie mich. Noch zwei Schritte und ich war in Schlagdistanz. Wenn ich Glück hatte, gingen die Schläge nur auf die Schultern.

»**Was macht ihr denn hier?«,** rief Herr Georgius und schlenderte an uns vorbei. »Feierabend für heute, geht schwimmen!«
»Gute Idee!«, riefen wir und schwammen im Windschatten unseres liebsten Lehrers vom Schulhof. Vier Küken hinter Mama, dicht vorbei an der Faust mit den sieben harten Knöcheln. Karlo blieb stehen und winkte uns mit acht Fingern an jeder Hand nach und hatte auch ein kleines Liedchen für uns.

»**Versteck dich nur! Versteck dich nur.**
Die Schnecke findet deine Spur.
Und folgt sie dir ins Pandahaus:
Dann ist es mit dem Panda aus!
Jaaa! Dann ist es mit dem Panda aus!«

BEN

Pünktlich um 20:15 Uhr legten wir zur Begrüßung die Hände an den Spiegel.
»Und? Wie läuft's?«, habe ich gefragt.
»Geht so«, hat Teo gesagt, »wir haben gegen die Schnecken gewonnen, aber Karlo war sauer.«
»Die dicke Wurst?«
»Sieben Schläge für sieben Tore.«
Ich nickte und Teo suchte nach blauen Flecken.
»Hat er nicht getroffen?«
»Wir sind entkommen. Georgius hat uns gerettet, mit Schwimmunterricht. Und wie war es bei dir?«
»Geht so. Ich habe das Tor nicht getroffen und wir haben verloren.«
»Gegen die Schnecken?
»0 : 5«
»Aua.«
Teo nickte schwermütig. Wir hatten die Hände noch immer am Spiegel und es tat gut, die Bruderhand zu spüren.
»War trotzdem irgendwie intererssant«, sagte Teo.
»Ja, das fand ich auch«, sagte ich.
»Und? Sollen wir noch einen Tag?«, fragte Ben.

»Denke schon. Morgen ist Übernachtung bei Franco.«
»Und ich bin bei Mats.«
Die Doppelagenten zogen ihre Hände zurück, weil sie mehr wussten, als sie zugeben wollten. Das Neue war spannend und schmerzhaft, aber das wollte keiner sagen.
»Dann sehen wir uns übermorgen?«
»Ja. Bis übermorgen. Schlaf schön.«
»Du auch.«
Wir winkten und machten das Licht aus.
Alle Kuscheltiere zu mir.

DIE GROSSE LANGEWEILE

TEO

Die nächsten zwei Tage ohne meinen Bruder Ben waren eigentlich Zwillingstage. Franco und ich schliefen in einem Zimmer, waren zu zweit im Bad, frühstückten zusammen und gingen gemeinsam zur Schule. Ich hatte meinen Bruder durch einen Freund ersetzt. Freundeseinheit. Darum beschloss ich, den nächsten Tag alleine zu verbringen.
Ich wollte ein Einling sein und erleben, wovon die anderen so oft erzählten:

Langeweile.

Aber leicht war das nicht.
Kaum zu Hause, kommen die Anfragen.
Aber ich habe alles abgesagt und Mama hat das nicht verstanden.
»Teo, warum denn nicht? Du gehst doch gerne schwimmen. Teo, warum denn nicht? Du bist doch gern bei Franco. Teo, was ist denn? Bist du krank? Hast du Fieber? Willst du mir was erzählen?«
»Nein, Mama, nein. Alles fein. Ich wär nur gerne mal allein und vielleicht sogar ein bisschen gelangweilt.«

Erst habe ich zwei Stunden gelesen. Comics. Sehr lustig. (Gaston, das komplette Werk.) Dann Hörspiele gehört – die Odyssee nach Homer – großartig. Schließlich Klavier gespielt und bin dabei sehr weit ins All geflogen. Danach in der Hängematte gelegen und den Himmel angesehen. Alle Vögel flogen in Schwärmen und die Wolken in Schäfchenherden. Jedes Blatt am Baum hatte hundert Freunde und nicht einmal der Sonne war langweilig, denn sie spiegelte sich in Abertausend Fenstern. Dreimal haben Freunde an der Tür geklingelt, aber ich *war einfach nicht da.*
»Teo, mein Teo, was hast du denn bloß?«, fragte Mama immer wieder, aber ich hatte nichts und wollte Nichts.

Die Langeweile sollte mich packen und mir die Luft abschnüren. Leider sorgten hundert Millionen Ideenameisen für Ablenkung und am Abend kam Mama mit Joghurt, Nüssen und Honig und hatte schon einen Blockbuster heruntergeladen. Als ich mich weigerte und ins Bett wollte, schrie sie auf:
»Du bleibst jetzt hier und siehst mit mir die Tagesschau.«
Die Tagesschau war das Allerletzte, was ich sehen wollte.
Es ist 8 Uhr, sie hören schlechte Nachrichten! Abend für Abend sammeln sie das Schlimmste aus aller Welt und zeigen uns, womit die Nachbarländer versagen.
Ich hatte keine Lust auf eine neue Folge vom Ende der Welt und mehr Lust auf eine Spiegelkonferenz mit meinem Bruder.
Also setzte ich mich in mein Zimmer und wartete auf Ben.
Aber Ben war nicht da.
Nur ich selbst.
Übermorgen hatten wir gesagt und jetzt war übermorgen.

»Wo ist mein Bruder?«, fragte ich den Spiegel, aber der Spiegel schwieg und ich wartete weiter. Alleine. Ungeduldig. *Der wird sich schon melden,* dachte ich, *lese ich eben noch einen Comic.* Aber hinter jeder Sprechblase wohnte ein geheimes Fragezeichen: *Wo ist dein Bruder, Teo?* Hinter jedem Bild lauerte eine düstere Ahnung. *Macht er was Besseres als du?*

Ich seufzte und der Spiegel blitzte auf. Der Spiegel? Na, klar, wenn ich wissen wollte, wo mein Bruder war, musste ich nur hindurchgehen, rüber auf die Zwillingsseite und nachfragen. Und genau das habe ich getan.

»Der ist doch mit Mats im Heldenpark«, sagte Mama.
Meine guten alten Zwillingseltern saßen vor dem Fernseher. Mama aß Götterspeise und Papa schrieb auf dem Laptop. *Heldenpark?* Ich konnte es nicht glauben und fragte nach:
»Der ist im Heldenpark?«
»Du wolltest doch nicht mit, schon vergessen?«
»Und? Langweilst du dich schon?«, fragte Papa, ohne aufzusehen, und grinste dabei. Ich ging in mein Zimmer, um mich in Ruhe aufzuregen, schlüpfte durch den Spiegel zurück in mein Einzelkinderleben und fluchte: *Heldenpark? Ohne mich? Mit Mats? Ohne mich? Das hätte er mir doch sagen können. Was für ein blöder Bruder ist das eigentlich? Heldenpark! Ohne seinen Sidekick. Batman ohne Robin? Super ohne Mann? Selbstverliebt im Popcornmeer unter Zuckerwattewolken? Ich hoffe, die Achterbahn schießt dich in den Himmel! Bruderverräter, Einzelkindmonster!«*
Die Tür ging auf. Mama blickte vorsichtig in mein Zimmer.

Ich war wohl etwas lauter geworden und sie fragte besorgt: »Teo, alles okay? Mit wem schimpfst du denn da?«
Ich sah in den Spiegel, sah mich im Spiegel und ich sah wirklich ziemlich wütend aus. Dann blickte ich sie an, lächelte, so gut es ging, und sagte: »Alles in Ordnung, Mama, ich glaube die Langeweile hat mich wütend gemacht, die Langeweile, ist das nicht wunderbar?«

SCHÖNHEITSREPARATUR

BEN

Der Heldenpark macht atemlos müde. Die halbe Nacht konnte ich nicht schlafen und wollte am liebsten zu Teo, um ihm alles zu erzählen, aber noch war ich übernachten bei Mats. Ich hatte Teo sogar ein Herz mitgebracht. Mit Marzipan und Zuckerguss: **Bester Bruder!** Gleich nach der Schule bin ich dann ohne weitere Verabredungen nach Hause. Zu Teo am Spiegel. Hand an Hand, vielleicht auch mal rübergehen, die guten alten Zeiten, echte Brüderschaft tanken, aber als ich in mein Zimmer kam, war der Spiegel weg.
Der Spiegel war weg!

»Mama! Wo ist der Spiegel!? Mama!«
Ich habe geklungen wie Papa, wenn er seine Brille sucht oder die andere Brille oder die dritte Brille oder sein Portemonaie oder seine Schlüssel, aber es war nicht witzig.
Es war Panik.
»Wo ist der Spiegel, Mama!?«
»Ich weiß es nicht, Ben! Was ist denn los mit dir?«
Sie stand mit einer Tasse Kaffee vor mir, und ihre Haare waren Antennen, die nach den Träumen der Nacht suchten.
»Steht er nicht in deinem Zimmer?«

»Nein!«, schrie ich, **»er ist weg! Mama! Der Spiegel ist weg!**
Wir standen im Zimmer und sahen auf den leeren Fleck an der Wand. »Vielleicht hat Papa ihn mitgenommen.«
»Mitgenommen? Wohin denn? In den Müll!?«
Ich bin sofort runtergelaufen. Aber in keiner der fünf Tonnen war ein Spiegel. **Der Spiegel war weg!**
Mein Bruder war weg! Und in meiner Vorstellung löste er sich neben mir in Luft auf.

TEO

Als ich am Nachmittag von der Schule nach Hause kam, hatte ich schlechte Laune und wünschte mir, Ben wäre mit der Achterbahn zum Mond geflogen. Es war Zeit, ihn zu sehen, es gab einiges zu besprechen. Also lief ich die letzten Meter, rannte die Treppen hinauf, durch den Flur und zum Spiegel ...

»Mama! Wo ist der Spiegel?!«

Ich habe geklungen wie Papa, wenn er seine Brille sucht oder die andere Brille oder die dritte Brille, aber es war nicht witzig. Es war Todesangst.
»Der Spiegel, Mama!«
Wie ein Irrer bin ich durch die Wohnung:
»Mein Spiegel! Mein Spiegel!«
»Jetzt schrei hier nicht rum, der steht bei mir!«
Das kam vom Sofa.
Der Spiegel stand am Sofa, Papa schrieb und hatte mich trotz Kopfhörern ganz gut verstanden.
»Carmen & Wolfgang haben ihn repariert.«
Er zeigte auf das Glas.

»Neues Spiegelglas. Schönheitsreparatur. Ich mag es, wenn Dinge auch funktionieren«, sagte er und winkte sich im Spiegel zu wie ein König seinem Untertan.
»Danke, Papa«, ich atmete durch. »Danke.«
Totale Erleichterung.
Das Ende der Welt war aufgeschoben.
»Kann ich ihn jetzt haben?«
»Viel Spaß damit.«
Papa nickte und setzte die Kopfhörer wieder auf.
»Danke!«, rief ich noch einmal, bin in mein Zimmer und habe sofort nachgefragt:
»Ben! Ben bist du da?«
Ben war da.
Er war da und strahlte.
»Mann, bin ich froh, dich zu sehen. Der Spiegel war weg und ich dachte, du musst sterben.«
Wir legten die Hände ans Glas.
»Papa hat ihn reparieren lassen«, sagte ich und Ben rollte mit den Augen, sprach mit tiefer Papastimme:
»Ordnung muss sein. Spiegel müssen blinken, Käse dürfen stinken. Und immer schön saubere Fingernägel!«
Bruderlachen. Erleichterungseinheit.
Der Spiegel war wieder da und *Ben & Teo* noch nicht verloren.

Dann erzählte Ben vom Heldenpark und entschuldigte sich. Er zeigte das Herz mit der roten Schrift und ich habe mich gefreut. Aber der Schock saß tief und wir waren uns einig.
»Teo«, sagte Ben, »ich denke, es war ein schöner Ausflug in die Einzelkinderwelt, aber ohne dich …«

»... ist das Leben nur die Hälfte wert«, beendete ich den Satz und wir wussten: Es war an der Zeit, das Experiment zu beenden.
»Das Abenteuer ist vorbei und wir haben was gelernt«, sagte Ben. »Zu zweit sind wir besser!«, sprachen wir gleichzeitig und dachten an unsere Geburt, als sich zwei fast gleiche Babys im Bauch ihrer Mama abklatschten:
»Auf eine gute Zeit, Bro! Enger als hier kann es nicht werden.«

»Okay«, sagte ich, »jetzt nimm meine Hand und ich ziehe dich zurück ins Zwillingsleben.«
Wir streckten die Hände aus und stießen uns am Glas.
Das Glas war kalt.
Das Glas war hart.
»Jetzt fass doch zu!«, rief Ben, aber ich fasste nichts.
Der neue Spiegel war nur ein Spiegel.
Das Tor war zu.

ALLES KAPUTT

BEN

»Bennie, was hast du?!«, fragte Mama besorgt, weil ich so laut geschrien habe: **»Teo! Was ist das? Teo! Was ist das?«**
Gleich hinter Mama stand Papa. Sie sahen ihren einzigen Sohn vor einem Spiegel sitzen und sich selber anschreien.
»Teo!«
»Benni, was ist mit dir?«
»Wer ist Teo?«
»Teo ist mein Bruder. Er sitzt fest! Das neue Glas hält ihn gefangen!«
Papa runzelte die Stirn. »Seltsam«, sagte er zu Mama, »er hat neulich schon davorgesessen und mit sich selbst gesprochen.«
»Vielleicht wünscht er sich einen Bruder?«
»Mein Bruder ist da drin!«, rief ich, aber Mama war schon in Gedanken: »Oder eine Schwester? Ein Mädchen würde mir auch gefallen.«
»Ich glaube, ich will kein zweites Kind«, sagte Papa leise, und ich schrie lauter: **»Versteht ihr nicht? Der Spiegel ist ein Zauberspiegel. Mein Bruder und ich sind für immer getrennt. Du hast das Glas getauscht!«**
Papa lächelte: »Ein Zauberspiegel? Schönes Spiel.«

»Das ist kein Spiel!«, schrie ich ganz von Sinnen und versuchte, meinen Bruder aus dem Spiegel zu ziehen. Mama und Papa sahen mir zu. Sie beobachten gerne.
»Von mir hat er das nicht.« Papa kratzte sich am Kinn.
»Gute Eltern sollten mitspielen«, sagte Mama und zog an mir, während ich den Spiegel in den Händen hielt und rief:
»Hör auf, es geht nicht!«
»Ich glaube, der Junge hat recht, wir sollten nicht jeden Quatsch mitspielen.«
Mama ließ mich los und sah Papa an.
»Na, was?«, fragte Papa, »Licht an in der Nacht aus Angst vor Räubern? Hier ist in den letzten hundert Jahren keiner eingebrochen. Oder diese vorgeschobenen Albträume, nur weil DU mit ihm kuscheln willst.«
»Darf er sich keinen Bruder wünschen? Er ist immer alleine.«
»Er ist niemals alleine, weil wir ihn zu Tode kuscheln!«
»Ich hätte nichts gegen ein Geschwisterkind.«
»Mir reicht eines. Wer weiß schon, was da kommt!? Am Ende Zwillinge und dann haben wir überhaupt keine Zeit mehr füreinander.«
»Du bist ja so ein Idiot!«

TEO

Meine Eltern haben sich ziemlich gestritten und ich habe weiter versucht, die Hand durch den Spiegel zu stecken. Aber dann hat Papa mich an den Schultern festgehalten.
»Teo, hör auf damit!«
»Er ist ganz bleich«, sagte Mama und ich habe gesagt:
»Der Spiegel, Papa. Er geht nicht mehr. Mein Bruder Ben kann nicht zurück.« Papa presste die Lippen aufeinander und Mama flüsterte: »Sei bitte einfühlsam.«
Also holte Papa Luft. Zweimal.
Dann sagte er leicht und warm wie ein Sommerwind: »Mein lieber Junge. Für dich ganz einfühlsam: **Spinnst du jetzt oder willst du uns verarschen?!**«
»Jetzt reiß dich zusammen«, schrie Mama und Papa stöhnte auf: »Schon gut. Schon gut. Zwillingsbruder im Spiegel, sehr witzig, aber jetzt sag uns bitte, dass es nur eine Geschichte ist, sonst machen wir uns echt Sorgen!«
Ich schwieg.
Was sollte ich sagen.
Es war keine Geschichte.
Es war die Wahrheit.
Mein Bruder saß im Spiegel und ich war verloren.

»Carmen & Wolfgang!« Mehr mussten wir nicht sagen, denn *Carmen & Wolfgang* hatten die alte, blinde Spiegelscheibe und die brauchten wir zurück. Nicht der Rahmen war verzaubert, sondern der Spiegel, der vielleicht schon über hundert Jahre alles gesehen und sehr viel verstanden hatte.

Der Laden von *Carmen & Wolfgang* war nicht weit. Die Brüder *Ben & Teo* hingen sich den leeren schwarzen Rahmen wie eine Schärpe um die Schulter. Es ging weiter. Brudermission. Wiedervereinigung. Zwillingsabenteuer.

DER RAUBZUG DER BRUDERSCHAFT

ONG

»Na, mein Junge, hast du geklopft?«

Die Tür zur Werkstatt hatte sich geöffnet und ein gelber Lichtstrahl schnitt ein hübsches Tortenstück aus dem schwarzen Hofasphalt. Ein Mann mit langen, weißen Haaren trat heraus. Wolfgang zündete sich eine Zigarette an. Mit seinen Haaren sah er aus, als wäre er vom Mond gestiegen, um auf der Erde eine zu rauchen, weil zu Hause schon alles zu Asche verbrannt war.
»Und?«, fragte er, »wo ist die Einladung?«
Ich zeigte auf die Scherbe in meiner Hand, Wolfgang sah hinein und Ben winkte ihm. Der Weißhaarige nahm noch einen letzten Feuerzug aus der Kippe, warf sie fort und trat den Stummel aus.
»Komm!«, sagte er und nahm mich mit.

LETZTE CHANCE

BEN

Ich sah Teo mit Wolfgang in der Spiegelscherbe, dann öffnete sich auch meine Tür und Carmen stand neben mir.
»Na, mein Junge, wo ist deine Einladung?«
Ich zeigte ihr die Scherbe und wunderte mich.
»Ich dachte, ihr seid auf einer Beerdigung?«
»Das sind wir auch. Heute Nacht werden Streit und Missgunst begraben«, antwortete Carmen mit einem Lächeln, zum Einrahmen schön.
»Komm!«, sagte sie und nahm mich mit.
Ich folgte ihr ins helle Licht einer schmalen Werkstatt mit Leisten, Hölzern und Profilen bis zu einer kleinen, unscheinbaren Tür, gleich neben der Papierschneidemaschine.
Carmen öffnete und ließ mich vorangehen.
Ich bin ein Fan von Geheimtüren, Gängen und verschwiegenen Räumen, aber das hier übertraf meine wildesten Ideen. Hinter der winzigen Holztür lag ein Spiegelsaal wie aus einem Königsschloss. Mama und Papa wären begeistert gewesen. Die Wände waren vom Boden zur Decke verspiegelt, die Spiegel waren rechts und links verziert und die Verzierungen vergoldet. Es war ein feierlich geschmückter Ballsaal und bis auf den letzten Platz gefüllt mit: **Zwillingen!**

Pärchen jeden Alters und Kombinationen: Mann und Frau. Mann und Mann. Frau und Frau. Ähnlich, gleich und vollkommen unterschiedlich. Es gab sogar Drillinge, drei Mädchen mit roten Blüten im Haar und am Ende der geschmückten Tafel saß ein siamesisches Geschwisterpaar mit einer großen Apfelbirnenschorle vor sich, zwei Strohhalme. Alle sahen mich an und ich dachte:
Ben, die Sache ist klar, du bist tot!
Genickbruch am Spiegeltor. Die letzte Umarmung der Brüder hatte die Brüder das Leben gekostet. *Ben & Teo* waren im Spiegelhimmel und *Carmen & Wolfgang* die Engel einer neuen Ewigkeit.

TEO

Wolfgang führte mich durch die Blicke aller Gäste auf eine Bühne. Dort stand ein Klavier aus Holz, so wie bei uns an der Schule. Mein Engel stellte sich neben mich, und zwei alte Damen im weißen Spitzenkleid hörten auf, Akkordeon zu spielen.

»Meine lieben Freunde und Freundinnen! Begrüßt mit mir einen besonderen Einling. **Teo!**«
Das Publikum applaudierte, dabei klatschten sich einige der Zwillinge gegenseitig in die Hände.
»Teo ist unsere Showeinlage. Der Höhepunkt des Abends.«
Bei *Showeinlage* und *Höhepunkt* klatschten sie schwungvoller.
Wo war ich hier? Showeinlage? Höhepunkt? Der Nachtisch für ein Zwillingstreffen? Ich wusste es nicht und flüsterte in die Scherbe: »Ben, was passiert bei dir?«

BEN

»Meine lieben Freundinnen und Freunde. Begrüßt mit mir einen besonderen Einling, Ben! Er ist unsere Showeinlage und der Höhepunkt des Abends.«
Sie starrten mich an und ich hatte das Gefühl, sie freuten sich nicht nur über die *Showeinlage*, sondern auch über ihr mögliches Scheitern und ich betete darum, endlich aufzuwachen, um aufs Klo zu gehen.
»Keine Sorge, Ben ist nicht allein, Ben hat einen Bruder, einen Zwillingsbruder!«
»Aaaaah«, freute sich das Publikum.
»Aber der Bruder ist auf der anderen Seite des Spiegels.«
»Oooooohhh!«, bedauerte das Publikum.
»Sie haben gestritten und wollten keine Zwillinge mehr sein.«
»Neiiiiin!«, riefen die Gäste voller Entsetzen, Abscheu und Mitleid. Ich blickte in meine Scherbe und flüsterte: »Teo! Ich weiß jetzt, auf welcher Trauerfeier wir sind ...«

TEO

»Ja«, flüsterte ich zurück, »unsere!«
Dann sagte Wolfgang: »Aber es ist noch nicht vorbei. Carmen und ich haben in den Spiegel gesehen und da ist Hoffnung.«
»Hoffnung«, wiederholte das Publikum und Wolfgang zeigte auf das Klavier. »Die Einlinge haben eine letzte Chance und wir vielleicht das Vergnügen, einen wahren Zwilling zu erleben.«
Er drückte mich auf den Hocker. Da saß ich mit dem Rücken zum Publikum und wusste nicht weiter. Es gab keine Noten und ich hatte keine Ahnung, was sie von mir wollten. Das Lampenfieber ließ meine Finger zittern und ich setzte mich auf meine Hände. Wolfgang kündigte die Showeinlage an:

»*Ben & Teo*. Ben **und** Teo sollen für uns spielen. Beide. Gleichzeitig. Sie können sich nicht sehen und nicht hören, denn noch leben sie in freiwilligen Einzelkindwelten. Wir wollen sehen, ob sie den Weg zurück finden. 88 schwarze und weiße Tasten wollen beherrscht, gezähmt und verzaubert sein. Gelingt euch das Wunder, Jungs, kehrt ihr heim. Gelingt es nicht, bleibt ihr da, wo ihr seid, mit einer Scherbe in der Hand, die nichts weiter spiegelt als euch selbst.«

Wolfgang sah mich an wie eine weise alte Schlange kurz vor dem Biss, und als sich sein niedliches Opfer nicht regte, blickte er ins Publikum und sang mit einer weiten Geste seiner großen Hände laut in den Saal:

**»Klingt es wie von einer Hand,
kehrt ihr zurück ins Zwillingsland!«**

Und die Gemeinde der Zwillinge antwortete.

**»Klingt es wie von einer Hand,
kehrt ihr zurück ins Zwillingsland!«**

EIGENTLICH UNMÖGLICH

BEN & TEO

Du kannst zwei Kinder nicht an zwei Klaviere setzen, sie hören und sehen sich nicht und spielen trotzdem aus einer Hand. Das ist unmöglich. Außer für einen Zwilling. Außer für einen Zwilling, der um das Leben seines Bruders spielt.

Keiner kann sagen, wer von uns beiden den ersten Ton spielte, aber der zweite passte. Wir spielten Klavier und die Bühne begann sich zu drehen. Das hochverehrte Publikum sah einen Jungen und dann einen zweiten Jungen. Die beiden sahen sich zum Verwechseln ähnlich. Die Bühne drehte sich schneller. Der Raum füllte sich mit Musik und aus zwei Einlingen wurde ein Zwilling. Wie bei einer Wunderscheibe, die bei schneller Drehung zwei Bilder zu einem einzigen Bild verzaubert.

Wir spielten weiter, umspielten die Ohren und nahmen das Publikum mit auf eine Reise ins All. Unser Konzert war ein Lied der Versöhnung und die Augen der Freunde und Freundinnen füllten sich mit Tränen.

Und dann saßen wir nebeneinander, vor einem einzigen Klavier und die Bühne hörte auf sich zu drehen. Wir spielten zu Ende, ließen einander den Vortritt für den allerletzten Ton, und erst nachdem diese Note verklungen war, sahen wir uns an, fassten unsere Hände und blickten ins helle Licht eines begeisterten Publikums. Auf unsere Brüder und Schwestern. Alle waren aufgestanden.

»Klingt es wie von einer Hand,
seid ihr zurück im Zwillingsland!«

Wir waren wieder da
wo wir hingehörten.

LETZTES KAPITEL

BEN & TEO

Wir standen im Applaus, wie in einem warmen Regen aus Liebe und Zuneigung. *Ben & Teo* waren eine gute Showeinlage, das beste Duo seid Brot und Butter, Milch und Schokolade, Marzipan und Zuckerguss.

»Ein Wunder!«, rief Carmen, und Wolfgang fragte:

»Wie habt ihr das nur geschafft?«

»Magie!«, antworteten wir.

»Zwillingsmagie.«

Den restlichen Abend verbrachten wir inmitten von Gleichen, die viel zu erzählen hatten, nicht mit Streit und Versöhnungsgeschichten sparten, aber stets voller Bewunderung für uns waren. Wir hielten uns den ganzen Abend an den Händen, Neid, Eifersucht und Zank schienen für immer begraben zu sein.

Schließlich waren wir allein auf der Toilette und hielten uns ausnahmsweise mal nicht mehr an den Händen.
»Und, wie hast du es wirklich gemacht, Teo? Sind wir echte Magier?«
»Nee. Meine Scherbe stand auf dem Notenpult und deine hing um deinen Hals. Ich konnte sehen, was du spielst.«
»Ja, ich war gut, aber du hast es möglich gemacht.«

Wir waren fertig mit Pinkeln, wuschen unsere Hände und vergaßen auch den Reißverschluss nicht.

Zurück im Saal hörten wir Wolfgang noch immer von uns schwärmen: »Oh, diese Wunderknaben!«
Und Carmen brachte uns einen Spiegel.
Einen schönen, alten, fast blinden Spiegel.
»Jungs, den hier dürft ihr mit nach Hause nehmen.«
»Aber erst, wenn das Fest vorbei ist«, riefen wir und hielten den Spiegel hoch wie eine Trophäe und alle Freunde und Freundinnen jubelten:

»Ben *und* Teo!
Ben *und* Teo!
Ben *und* Teo!«

Dann bat Wolfgang ein letztes Mal um Ruhe, und als es endlich still geworden war, stellte der Zwillingsmeister die letzte und wichtigste Frage an die Stars des Abends.

»Und wer von euch war jetzt der Bessere?!«

»Ich«, sagten wir zugleich und ...
»Du«, sagten wir zugleich und ...
»Wir«, sagten wir noch einmal, denn wir wussten, was wir sagen müssen, um zu bekommen, was wir haben wollten: einen Bruder, der wie kein anderer ist, und einen funktionierenden, magischen Spiegel als Ausweg für trübe Geschwistertage.

NACHWORT
TEO & BEN

Es wurde noch lange gefeiert und getanzt in der Werkstatt. Die Paare tauschten wild durcheinander und bald war von Zwillingen nichts mehr zu erkennen. Alles nur Menschen, die ein besonderer Zufall ein Spiegelbild oder einen treuen Gefährten geschenkt hatte. Ben spielte mit den weißen Damen Akkordeon, ich trank Limonade mit dem siamesischen Zwilling und lehnte auch einen Tanz mit Carmen nicht ab. Man gab uns den Termin für das nächste große Treffen und wir waren herzlich eingeladen. Nach und nach verabschiedeten sich die Geschwister in ihre eigenen Welten; dafür gingen sie einfach durch die Spiegel hindurch. In einem Jahr würden wir uns wiedersehen und **Ben & Teo** versprachen ein neues Konzert! Diesmal mit offenen Augen.

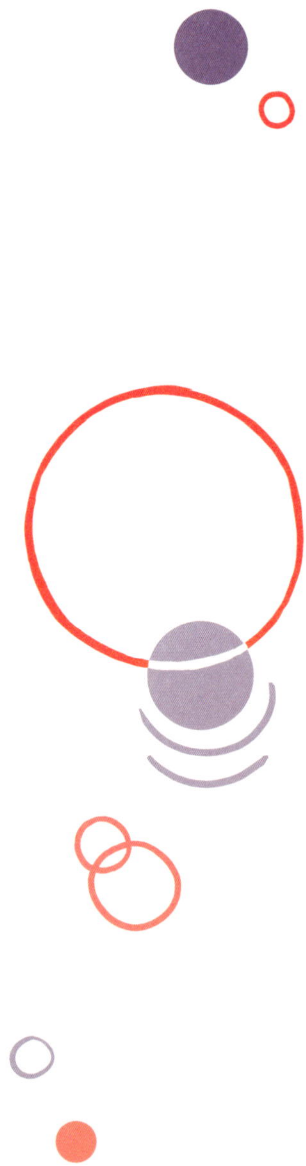

MARTIN BALTSCHEIT schreibt Bücher, Theaterstücke, Hörbücher und macht Filme für Kinder und Jugendliche. Für seine Arbeiten hat er viele bedeutende Preise erhalten, darunter den Deutschen Jugendliteraturpreis, den Deutschen Kurzfilmpreis und den Deutschen Jugendtheaterpreis. »Ben & Teo« ist ein Abenteuerbuch aus der Wirklichkeit des Zwillingsvaters. Martin Baltscheit lebt mit seiner Familie in Düsseldorf.
www.baltscheit.de

SANDRA BRANDSTÄTTER, geboren 1980 in Salzburg, studierte MultiMediaArt an der FH Salzburg. Seit 10 Jahren lebt und arbeitet sie in Berlin, als Illustratorin, Comicautorin und Character Designerin für Trickfilme und -serien, zum Beispiel für die Serie »Trudes Tier« (»Sendung mit der Maus«). Der Kurzfilm »Es war einmal ... nach Roald Dahl« (BBC) wurde 2018 für den Oscar nominiert. Von ihrer kleinen Schwester hat sie unfreiwillig zwei kleine Tattoos bei einem Kampf bekommen – aber sie ist natürlich trotzdem die beste Schwester der Welt.
www.sandra-brandstaetter.com

MIX
Papier aus verantwortungsvollen Quellen
FSC® C089473

Dieses Buch ist erhältlich als:
ISBN 978-3-407-75548-3 Print

in der Verlagsgruppe Beltz · Weinheim Basel
Werderstraße 10, 69469 Weinheim

Text: Martin Baltscheit
Illustration: Sandra Brandstätter
Lektorat: Katrin Hartmann
Einbandgestaltung: Sandra Brandstätter
Herstellung: Elisabeth Werner
Druck und Bindung: Beltz Grafische Betriebe, Bad Langensalza
Printed in Germany
1 2 3 4 5   23 22 21 20

Weitere Informationen zu unseren Autor_innen und Titeln finden Sie unter: www.beltz.de

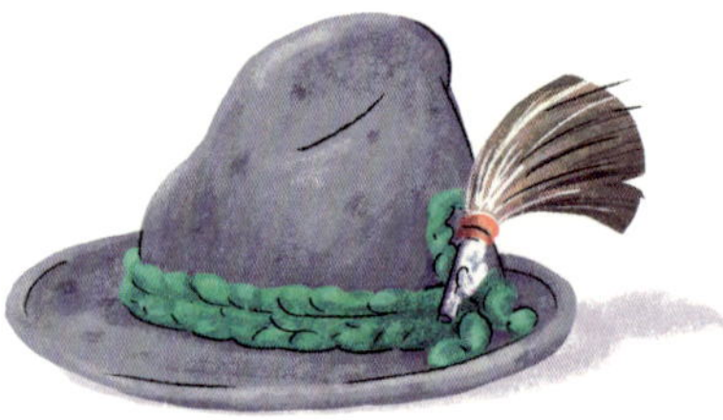